Ye

3328

VENGEANCE

ET

LIBERTÉ!!!

POÈME EN QUATRE CHANTS

PAR

CH. LECOCQ

L'homme est né libre, et partout
il est dans les fers.
J.-J. ROUSSEAU.
(Contrat social.)

PRIX : 1 FRANC

AUCH

CHEZ TOUS LES LIBRAIRES

MDCCCLXXIII

VENGEANCE ET LIBERTÉ

V

AUCH — IMPRIMERIE J. PEYRUSSAN, RUE ESPAGNE, 12.

VENGEANCE

ET

LIBERTÉ!!!

POÈME EN QUATRE CHANTS

PAR

CH. LECOCQ

L'homme est né libre, et partout
il est dans les fers.
J.-J. ROUSSEAU.
(Contrat social.)

AUCH

CHEZ TOUS LES LIBRAIRES

MDCCCLXXIII

Les sentiments qui m'ont guidé, dans la composition de ce poème. sont, d'abord, une haine profonde contre toute institution monarchique; une grande aversion contre tout gouvernement qui n'est pas la véritable expression du droit; un amour sans bornes pour la liberté, et un ardent désir du bonheur des peuples.

Si je n'acquiers en ceci aucun mérite au point de vue littéraire, j'aurai du moins celui d'avoir travaillé, selon mes forces, à la construction du piédestal sur lequel doit reposer un jour la République universelle.

CH. LECOCQ.

CHANT I

I

Peuple, écoute ma voix, car c'est la voix d'un frère,
D'un obscur plébéien, d'un ami dévoué,
Qui te voyant souffrir sur cette ingrate terre,
A ton soulagement pour toujours s'est voué.

II

Oh ! ne repousse pas mes conseils, je t'en prie :
Je suis jeune, il est vrai, mais regarde mon front;
Les rides l'ont couvert, et mon pauvre corps plie,
Accablé sous le poids du plus insigne affront.

III

Je suis jeune, il est vrai, mais je sens dans mon âme
Un saint transport d'amour, une invincible ardeur,
Que je mourrais heureux si jamais de ma flamme,
Peuple, je réchauffais ta navrante froideur !

IV

Oh ! qu'il me serait doux, si ma faible lumière,
Au milieu de la nuit pouvait guider tes pas !
Peuple, que je voudrais à mon heure dernière,
Te savoir pour toujours affranchi du trépas !

V

Oh ! que je voudrais voir d'un pôle à l'autre pôle,
Du levant au couchant, tous les hommes unis !
Je voudrais voir marqués d'un fer rouge à l'épaule,
Tous les bandits royaux de leur trône bannis.

VI

Oh ! que je voudrais voir ces deux grandes déesses,
La Justice et la Paix, gouvernant les humains,
Leur clarté dissipant les ténèbres épaisses
Qui cachent à tes yeux les chaînes de tes mains !

VII

Peuple, écoute ma voix !... N'entends-tu pas dans l'ombre ?
Écoute ; l'on dirait que quelqu'un va mourir.....
C'est la voix d'un guerrier écrasé par le nombre
D'adversaires puissants. Oh ! comme il doit souffrir....

VIII

Au secours ! au secours, par pitié ! je succombe.
Peuple, délivre-moi : je suis la Liberté !
Sus à mes ennemis ; vois-les creusant ma tombe,
Et frappant sur mon corps avec férocité !!!

IX

Amis, l'entendez-vous ? Aux armes ! du courage.....
Mieux vaut cent fois la mort que d'être gouvernés
Par ce qu'on nomme un roi ! Oui, luttons avec rage,
Et chassons loin de nous ces tigres couronnés.

X

Peuple, écoute ma voix, car c'est la voix d'un frère,
D'un obscur plébéien, d'un ami dévoué,
Qui te voyant souffrir sur cette ingrate terre,
A ton soulagement pour toujours s'est voué.

CHANT II

I

Le printemps revenait frais et beau, plein de vie ;
Partout versant à flots les parfums et les fleurs,
Joyeux, il apportait à la terre ravie,
Un manteau reflétant les plus belles couleurs.

II

Tout frissonne déjà : le chêne centenaire
Que l'on aurait dit mort, semble se réveiller ;
Autour de lui jetant un regard débonnaire,
Il ouvre ses bourgeons lassés de sommeiller.

III

Et des milliers de fleurs émaillant la prairie,
Semblaient des perles d'or sur un drap de velours;
Et les tendres rameaux de la rose fleurie
Se courbaient sous le poids de leurs bouquets trop lourds.

IV

Déjà dans les taillis la tendre tourterelle
Bâtit pour ses petits un asile caché,
Et pour veiller, sans bruit, son amoureux près d'elle,
Sur un jeune rameau la nuit se tient perché.

V

On était gai partout..... les laboureurs en fête
Disaient à leurs enfants : Enfants, amusez-vous !
Tout déjà nous promet une moisson parfaite,
Villageois, accourez..... allons, égayons-nous.

VI

Avec les jouvenceaux dansaient les jeunes filles;
Et tous les villageois répétaient la chanson;
Jusqu'aux vieillards assis à l'ombre des charmilles,
Disaient : Vive la France ! Et vive la moisson !

VII

La ronde succédait à la ronde finie ;
Au broc vide à l'instant succédait un broc plein ;
Et le zéphyr joyeux, dans sa course infinie,
Chassait l'âpre chaleur loin du groupe enfantin.

VIII

Un vieillard se leva : c'était le doyen d'âge ;
Aussitôt l'on courut près de lui se grouper :
Vignerons, laboureurs, enfin tout le village,
Jusqu'aux petits enfants allèrent s'attrouper.

IX

Le silence se fit : parfois dans le feuillage
On entendait encor les passereaux troublés ;
Mais, cessant tout à coup leur bruyant babillage
Ils allèrent gaîment s'abattre dans les blés.

X

Le vieillard dit alors..... Toi qui nais dans la plaine,
Et qu'un souffle brûlant mûrit de jour en jour......
Toi qui nourris le monde à ta mamelle pleine,
Salut, épi doré, notre espoir, notre amour......

XI

Salut, enfant chéri.... ; merci, terre féconde ;
Tu donnes aujourd'hui récompense aux travaux.
Que le soleil de mai maintenant te seconde,
Et nous pourrons bientôt cueillir tes fruits nouveaux.

XII

Alors levant ses mains par le travail durcies,
Il dit : Et vous, enfants, croissez de même en paix,
Aimez; par ce moyen vos peines adoucies,
Vous trouverez léger de vos ans le lourd faix.

XIII

Aimez tout ce qui vit et tout ce qui respire ;
Fuyez l'oisiveté comme un spectre hideux,
Afin que vous soyez à l'heure qu'on expire
Regretté d'un ami..... (car on n'en a pas deux).

XIV

Puis vinrent deux enfants plus jolis que l'aurore
Qui vient chasser la nuit précédant le soleil,
Ce peintre ingénieux qui rougit et qui dore
La cîme de nos monts de son reflet vermeil.

XV

Oh ! qu'ils étaient donc beaux ; sur leur tête soyeuse
Des couronnes de fleurs cachaient leurs blonds cheveux ;
La foule en cet instant souriante et joyeuse,
Pour le bonheur de tous au ciel faisait des vœux.

XVI

Et l'indiscret soleil en ce moment-là même
S'infiltrait au travers des grands chênes touffus,
Et rosait tendrement le visage un peu blême
Des petits chérubins que l'on rendait confus.

XVII

Dans un panier d'ajoncs tressé depuis la veille,
Que tous les deux portaient, ravis de cet honneur,
Un bouquet d'épis verts, de beauté sans pareille,
Fut remis au vieillard rayonnant de bonheur.

XVIII

Et prenant dans ses mains la verdoyante gerbe,
Toute brillante encor des perles du matin,
Belle comme une fleur courbant son front superbe
Sous les baisers brûlants du zéphyr enfantin.

XIX

Que jamais l'ouragan, que jamais la tempête.....
Dit alors le vieillard : que leur souffle puissant
Ne vienne dans la nuit voltigeant sur ta tête
Toucher ton front si beau de son doigt menaçant;

XX

Afin qu'un jour, gaîment, nous puissions tous ensemble,
Te cueillir en chantant, et que Dieu qui nous voit,
Pour te fêter encor de nouveau nous rassemble.
Et tous les villageois dirent.... Ainsi qu'il soit.

XXI

Alors, de tous côtés les chants recommencèrent,
Sur la pelouse en fleur de nouveau l'on dansa,
Et les ris des vieillards, et les jeux ne cessèrent
Que lorsque de briller l'étoile commença.

CHANT III

I

Les épis jaunissaient, et sur leur tête blonde
L'été brûlant posait une couronne d'or,
Et le vent du Midi les berçant comme une onde
Rendait de leur toison l'éclat plus bel encor.

II

Déjà le moissonneur sur le seuil de sa porte
En aiguisant sa faux chante un refrain joyeux :
Écoutez, écoutez, la brise nous l'apporte.....
En allant le cacher dans les hauteurs des cieux.....

III

Debout ! l'aube paraît ; prenons faux et faucilles,
Pour couper le blé mûr, vite, courons aux champs.
Alerte ! jeunes gens ; alerte ! jeunes filles,
Et que dans les guérets retentissent nos chants.

IV

Le moissonneur se tut : sur le flanc d'un nuage
Qui côtoyait le ciel, un éclair avait lui ;
Est-ce d'un ouragan le sinistre présage ?
Dit-il en consultant l'horizon devant lui.....

V

Puis la foudre gronda, d'abord sourde et lointaine...
Semblable au bruit confus de la mer en fureur,
Et d'épais tourbillons obscurcissant la plaine
Chassaient de son travail le vaillant laboureur !!

VI

Et le vent s'engouffra dans la forêt voisine,
Tordant les arbres verts de son souffle puissant ;
Puis alla, bondissant de colline en colline,
Réveiller les échos de son cri menaçant...

VII

Le berger qui chantait courbé sur sa houlette,
En regardant le ciel, rassemble son troupeau ;
Et, frappant sur ses bœufs, fuit devant la tempête
A grands pas tristement regagnant le hameau !!!

VIII

L'oiseau ne chante plus, et va dans le grand chêne
Demander en tremblant asile pour la nuit :
Plus furieux, le vent mugit et se déchaîne,
Et de l'orage alors plus terrible est le bruit !!!

IX

Les villageois ont peur ; sur leur mâle figure
La pâleur se répand !! et tous avec effroi
Consultent l'horizon...... Oh ! le sinistre augure,
Disent-ils ; écoutez les plaintes du beffroi !!!...

X

La nuit, la sombre nuit, effroyable et terrible,
Mêlait ses longs soupirs au sarcasme du vent,
Et de fréquents éclairs d'une lueur horrible
Rougissaient les vieux monts comme un soleil levant.

XI

Toi, que l'on nomme Dieu ; toi, qui régis la terre,
Dirent les villageois ; toi, que l'on dit si bon ;
Toi, qui peux arrêter les vents et le tonnerre,
Par pitié, Dieu puissant, épargne la moisson.

XII

Le vent hurlait toujours, et des hautes montagnes
Coulaient d'affreux torrents, emportant sans retour
L'ornement le plus beau de nos belles campagnes.....
Les épis et les fleurs périrent en ce jour !!!

XIII

Épargne la moisson,.... sois un Dieu débonnaire ;
Car, après nos enfants c'est notre unique espoir ;
Des vieillards à genoux exauce la prière,
Et que l'aurore en feu demain nous fasse voir

XIV

Nos champs calmes et beaux comme avant la tempête,
Buvant les rayons d'or d'un soleil radieux,
Oh! quel bonheur pour nous! quel plaisir quelle fête
Si nos charmants épis restent victorieux !

XV

Et la foudre grondait; et le vent dans la plaine
Achevait d'arracher le grand arbre, ou la fleur
Qui se tenait encor, avec beaucoup de peine,
Debout, le front meurtri, tout couvert de sueur.

XVI

Enfin l'aube parut : les villageois en foule
Dirigèrent leurs pas vers leurs champs bien-aimés.
Dans les fossés encor une eau bourbeuse coule
Emportant les débris des blés déracinés !

XVII

Femmes, enfants, vieillards, tous dévorent l'espace ;
Un noir pressentiment s'agite dans leur cœur.
O malédiction !!! L'espérance s'efface ;
Les champs sont dévastés par l'ouragan vainqueur....

XVIII

Ils ne sont plus, ces blés à la couleur si belle ;
La brise n'ira plus quand reviendra le soir
Jouer dans les épis, et du bout de son aile
Soulever leur front pur encor pour mieux les voir.

XIX

Hélas ! tout est détruit ; et montagne et vallée
N'offrent plus qu'un aspect meurtri, brisé, confus .
Tout est bouleversé ; sous la terre écroulée,
Arbres, épis et fleurs ne se distinguent plus.

XX

Femmes, enfants, pleuraient la récolte perdue.....
Lorsque les villageois, la rage dans le cœur,
Ne pouvant retenir dans leur âme éperdue,
Le légitime excès de leur grande fureur,

XXI

Menacèrent leur Dieu !! « Cruel que l'on adore,
L'enfer n'est pas peut-être aussi méchant que toi :
Oh ! non ; tu fais la nuit, Lucifer fait l'aurore ;
Et nous ne voulons plus nous ranger sous ta loi.

XXII

Despote ! en un instant, ta maligne puissance
A détruit nos moissons, le fruit de nos travaux !!
Et nous aurions pour toi la moindre obéissance ?
Et nous te bénirions dans nos malheurs nouveaux ?

XXIII

Non ; nous n'aurons pour toi, l'auteur de notre peine,
Pour toi, Dieu sans pitié, qu'un éternel mépris,
Qu'un immense dégoût, qu'une invincible haine.
Tes préceptes sacrés qu'on nous avait appris,

XXIV

Nous les foulons aux pieds ; car tu n'es point cet homme
Qui jadis sur la terre enseignait à s'aimer,
Ce philosophe ancien, ce grand cœur que l'on nomme
Jésus..... que nul de nous ici ne peut blâmer.

XXV

Non, tu n'es point Jésus, lui qui disait au monde :
« Allez, vivez en paix, amis, soyez heureux ! »
Non, tu n'es point Jésus, puisque ta bouche immonde
Sourit en nous voyant pleurant et malheureux.....

XXVI

Tu n'es point ce Jésus, car il aimait les hommes,
Lui qui franchit pour nous l'aride Golgotha,
Lui qui, mourant pour nous, poussière que nous sommes,
Fut abreuvé de fiel qu'un soldat lui porta.

XXVII

Retranché dans ton ciel, tu tortures la terre,
Tu te plais, Dieu du mal, à nous faire souffrir ;
Aujourd'hui ta bonté nous comble de misère ! !
Et bientôt affamés... il nous faudra mourir.

XXVIII

Eh ! que te font, à toi, nos sanglots et nos larmes ?
Rien ne peut émouvoir ton insensible cœur...
Au contraire, nos pleurs ont pour toi bien des charmes,
Et tu te réjouis en voyant la douleur.

XXIX

Oh ! que ne sommes-nous les vents et la tempête,
Qui par ton ordre hier ont détruit nos moissons ?
La rage dans le cœur, la foudre à notre tête,
Briserions ici-bas tes sanglants écussons.

XXX

Alors, montant là-haut dans ton céleste empire,
Tu verrais sous tes yeux tes palais saccagés...
Ton trône renversé... puis, nous irions te dire,
Enivrés de bonheur : nous nous sommes vengés...

XXXI

La parole expira sur leurs lèvres tremblantés,
Et le regard fixé sur leurs champs dévastés,
Ployant sous le fardeau de douleurs accablantes,
Les pauvres villageois se turent attristés.

XXXII

Le silence se fit, et dans l'immense plaine,
Rien ne venait troubler la douleur ni le deuil;
Parfois, quelque sanglot, qu'on entendait à peine,
S'échappait de leur cœur comme d'un noir cercueil!!!

CHANT IV

I

O peuple ! la moisson, est-ce tout sur la terre ?
N'as-tu rien de plus beau que tes épis dorés ?
Dis-moi, ta liberté n'est-elle point plus chère !
Dis, n'aimes-tu pas mieux tes enfants adorés ?

II

Tu pleures sur ton champ dévasté par l'orage,
Tu gémis en voyant ton blé mûr ravagé,
Et si tu l'avais pu, dans ton aveugle rage,
De l'auteur de ces maux, tu te serais vengé !!!

III

Peuple, n'entends-tu pas, tout là-bas dans la plaine?
Écoute : Quel est donc cet effroyable bruit?
Quels sont ces cris plaintifs que l'on entend à peine?
Qui vient ainsi troubler le calme de la nuit?

IV

Est-ce le bruit confus d'une mer en furie?
Est-ce la sourde voix d'un volcan qui gémit?
Est-ce des noirs démons la cohorte qui crie?
Ou le râle oppressé d'un monde qui finit?

V

Est-ce un peuple fêtant la chute d'un empire,
Dansant sur les débris de quelque royauté,
Enchaînant en ce jour les ailes d'un vampire,
Criant avec bonheur..... : Liberté! Liberté!!

VI

Qu'entends-je? Non, ce bruit, c'est le bruit d'une armée;
C'est le bruit du canon, c'est le bruit d'un combat;
C'est le cri du guerrier lançant dans la mêlée,
Au milieu des obus, son cheval qui s'abat.

VII

Regarde : les vois-tu dans ce torrent de flamme?
A l'aspect de la mort pas un seul n'a frémi;
Groupés, avec orgueil, autour de l'oriflamme,
Les vois-tu succomber sous le fer ennemi?....

VIII

Cavaliers et piétons, confondus pêle-mêle,
Pour vaincre l'ennemi font tous de vains efforts;
Oh! regarde; déjà partout le sang ruisselle,
Et le sol est couvert de mourants et de morts.

IX

Vois-tu comme un éclair qui précède la foudre,
Ces régiments altiers le glaive dans la main;
Ces hommes écumants, l'œil hagard, noirs de poudre,
Dans ce carnage affreux se frayant un chemin?

X

Regarde, suis-les bien dans leur course affolée,
Vers le canon qui gronde ils dirigent leurs pas!
Déjà, par l'ennemi la troupe est refoulée;
Déjà, les premiers rangs ont trouvé le trépas

XI

Sur ces rangs culbutés, d'autres encor s'avancent ;
Peuple : regarde-les ; ils vont vaincre ou mourir ;
A la voix de leurs chefs, dociles, ils s'élancent
Dans ce gouffre béant qui va les engloutir !

XII

De cet assaut, dépend le sort de la bataille,
Regarde ces soldats çà et là dispersés,
Faire un dernier effort, et malgré la mitraille,
Battre encor un instant les ennemis pressés.

XIII

Dans le nuage épais d'une noire fumée,
On ne distingue plus, ni guerriers ni drapeaux ;
O mortelle douleur ! peuple, il n'est plus d'armée,
Les loups ont égorgé nos paisibles troupeaux !!!

XIV

Les canons ont cessé de gronder dans la plaine ;
Un silence profond succède à tant de bruit.
Peuple, de la douleur quand la coupe est trop pleine,
On la fait boire alors à celui qui l'emplit.

XV

Hier, quand tu vis tes champs dévastés par l'orage,
Quand tu vis tes prés verts fauchés par l'aquilon,
Quand l'ouragan jaloux eut détruit ton ouvrage,
Quand le ciel eut brûlé, saccagé ta moisson,

XVI

Peuple! ton premier cri fut un cri de vengeance,
Ne pouvant supporter ce spectacle d'horreur;
La colère avait mis ton esprit en démence,
Et tu voulais punir un Dieu dans ta fureur!!!

XVII

Eh bien! ne vois-tu pas là, couchés dans la plaine
Comme tes épis mûrs, ces cadavres meurtris?
Le front couvert de sang, on les distingue à peine
Tous ces jeunes héros que la mort a surpris.

XVIII

Regarde, comme ils ont une figure altière,
Que de douceur se peint dans leur regard voilé;
On croirait voir encor sur leurs lèvres de pierre
Un sourire joyeux, à jamais envolé!!!

XIX

Ces hommes, ces héros, ces cadavres qui gisent
Sur le sol ténébreux, peuple, les connais-tu ?
Écoute dans la nuit ; entends-tu ce qu'ils disent,
Ces guerriers dont l'honneur égale la vertu ?

XX

« Régner sur des sujets est votre unique envie !
» Tigres qu'on nomme rois. O couronnés bandits,
» Pour un jour de bonheur vous donnez notre vie !
» Vengeance contre vous .. O rois, soyez maudits !!! »

XXI

Connais-tu cette voix ? c'est celle de ton frère,
D'un enfant qui t'aimait, d'un ami regretté.....
Peuple, peuple, debout !! Que les rois de la terre
Soient punis aujourd'hui comme ils l'ont mérité.

XXII

Le vrai coupable ici, le meurtrier, le traître,
Celui qui s'est sali du sang de tes enfants,
N'est pas le pauvre esclave : il obéit au maître.....
Les rois dans les combats sont les seuls triomphants !!

XXIII

Allons dans vos palais, qu'on fête votre gloire ;
Que de vils courtisans vous tressent des lauriers ;
Que d'aveugles sujets chantent votre victoire :
Vive les conquérants ! Honneur à vos guerriers.....

XXIV

Et maintenant bercés par ces chants et ces fêtes,
Repus de notre sang, rois, vous pouvez dormir :
Ne vous réveillez pas, vous verriez sur vos têtes
Le glaive menaçant tont prêt à vous punir.

XXV

Croyez-vous du lion la fureur endormie,
Quand il lèche dans l'ombre, à l'écart, dans les bois,
Son ventre sillonné par la balle ennemie,
Alors qu'on n'entend plus sa menaçante voix,

XXVI

Le croyez-vous vaincu ? Non. Tapi sans se plaindre,
Il attend le chasseur qui le croit terrassé ;
Lui, s'approche sans peur, il n'a plus rien à craindre,
Croyant l'animal mort lorsqu'il n'est que blessé.

XXVII

Mais le lion l'attend : voyez comme il s'apprête ;
Avez-vous vu? Ses yeux comme un éclair ont lui,
Sans bouger sur ce roc, regardez comme il guette
Qu'il se soit approché pour se jeter sur lui.

XXVIII

Puis d'un bond, furieux, écumant, il se jette
Sur l'imprudent chasseur qui le croit déjà mort,
Et dans ces crocs aigus il lui brise la tête !!!
Prenez garde tyrans. ... tel sera votre sort.

XXIX

Morts, vous serez vengés !!! O monarques perfides,
Usurpateurs maudits de notre liberté,
Faut-il toujours plier sous vos coups homicides ?
Faut-il toujours ramper sous votre autorité ?

XXX

Non ; vengeance en ce jour, et vengeance éclatante ;
Plus l'outragé est cruel, plus on doit châtier.
Pour vous plus de pitié ; votre voix suppliante
En vain s'élèvera vers nous pour nous prier.

XXXI

Guerre aux usurpateurs, guerre aux rois de la terre ;
Mort à tous les tyrans : qu'en ce jour solennel
A la coupe de paix l'homme se désaltère.
Peuples, unissons-nous d'un amour éternel.

XXXII

Vengeance ! Unissons-nous, détruisons nos entraves.
Qu'êtes-vous donc, ô rois, contre un peuple en courroux?
Quand la liberté sainte apparaît aux esclaves,
Vos jours sont condamnés ; oui, c'en est fait de vous.

XXXIII

De ses bras vigoureux il brise alors sa chaîne ;
Il respire un air pur, il voit un ciel nouveau ;
La nature est pour lui plus fraîche, plus sereine ;
Le soleil plus brillant, et le jour est plus beau.

XXXIV

Les fleurs qu'il n'avait pas jusqu'alors aperçues,
Il les contemple, heureux, car libre il peut les voir,
Lui, qui vivait toujours d'espérances déçues ;
Leur parfum aujourd'hui lui rend un doux espoir.

XXXV

Oh ! qu'il trouve donc beau le cri de la fauvette !
Que le chant du ruisseau lui semble harmonieux !
La joie emplit son cœur, et sûr de sa conquête,
Il se met à chanter son bonheur avec eux.

XXXVI

Il est libre ; écoutez, il le dit, il le crie ;
L'écho redit partout son chant de liberté ;
Il a chassé bien loin de sa chère patrie
Les rois contre lesquels il s'est longtemps heurté.

XXXVII

Il en chasse aujourd'hui le vice et l'ignorance,
Il éloigne de lui les corrupteurs jaloux ;
Il attend l'avenir avec toute assurance
De le trouver plus beau, plus riant, et plus doux.

XXXVIII

Peuples, que le progrès détruise nos frontières ;
Que la Fraternité nous unisse en ce jour :
Peuples, dès ce moment que nos marches guerrières
Deviennent des refrains de bonheur et d'amour.

XXXIX

Vengeance ! Unissons-nous et nous serons nos maîtres.
Plus de sang répandu, plus d'amis dans les fers,
Plus de conspirateurs, plus d'ingrats, plus de traîtres,
Alors s'accompliront tous nos vœux les plus chers.

XL

Oui, nous verrons alors la plus douce harmonie
Régner sur l'univers ; plus de guerre ici-bas :
La paix ramènera parmi nous le génie,
La science et les arts reviendront à grands pas.

XLI

Oui, nous serons heureux : une grande abondance
Alors compensera nos paisibles travaux,
Et nous verrons renaître avec l'indépendance,
La sagesse, l'amour, et des hommes nouveaux.

XLII

Alors, ô Liberté ! nous te trouverons belle ;
Alors tu règneras, et nous te chérirons ;
Alors nous jouirons d'une paix éternelle ;
Alors, ô Liberté, nous te posséderons.

XLIII

Peuples, unissons-nous : à bas la tyrannie !
Aux armes, citoyens ! Sans craindre les remords !
Terminons de nos rois la trop longue agonie,
Et nous aurons vengé les vivants et les morts !

9 Novembre 1873.

POUR PARAITRE PROCHAINEMENT

CONTES ET CHANSONS

PAR

CH. LECOCQ